AF591615

MICKIEWICZ

LES AÏEUX

FRAGMENTS

TRADUCTION D'OSTROWSKI

1929

LES AMIS DE LA POLOGNE

PRÉFACE

Œuvre étrange et inachevée, les « Aïeux » *comptent pourtant parmi les chefs-d'œuvre de la littérature. Les seuls fragments qui en furent écrits constituent en effet des poèmes sombres et magnifiques, sur des thèmes éternels, l'amour et le patriotisme, ils sont vibrants de passion, ils pénètrent le mystère de la destinée humaine, ils s'élancent avec une prodigieuse audace à la conquête de Dieu, pour le renouvellement du monde. On y retrouve les heures les plus exquises et les jours les plus tourmentés de la vie de Mickiewicz; l'histoire de la nation polonaise y est retracée dans les tortures et l'invincible énergie de ses enfants. On comprend, à les lire, le miracle de la résurrection de la Pologne: il s'explique par l'exaltation qui anima ses grands poètes, et fit d'eux pour le peuple martyrisé ou dispersé des chefs spirituels qui maintinrent dans son intégrité l'âme nationale.*

Mickiewicz naquit et grandit dans un village de cette Lithuanie où les paysans avaient conservé les coutumes du paganisme, en cachette de leurs prêtres catholiques. Ils s'assemblaient la nuit au cimetière pour évoquer les âmes des trépassés. L'enfant ne devait pas oublier ces scènes fantastiques, et, jeune homme, il en fit le cadre du poème que lui inspira un amour malheureux.

Gustave, son héros, repoussé de Maryla, est devenu fou de douleur et s'est suicidé. Son fantôme revient pendant la « Nuit des Ames » revoir sa bien-aimée.« Certes, il fut exalté, l'amour des romantiques; pourtant l'expression que Mickiewicz sut trouver au sien fut si puissante que le mystère de la folie et de la mort devint nécessaire pour lui donner son cadre (1). »

Mais l'année 1822 qui vit paraître les premiers fragments des « Aïeux » *se termina sur l'arrestation du jeune poète et de ses amis, étudiants, lycéens, par les autorités russes, qui les accusaient de complots contre le Tzar. Un an de prison, le*

(1) S. Szpotanski : *Adam Mickiewicz et le romantisme.*

supplice des interrogatoires, le knout, et le procès de Wilno s'acheva par la condamnation de ces enfants aux travaux forcés, à la Sibérie, tout au moins à l'exil. Mickiewicz quitta sa patrie pour ne plus y revenir. En 1830, il veut prendre part à l'insurrection, mais il ne peut franchir la frontière, et il assiste à la fuite lamentable des insurgés vaincus. La Pologne semblait à jamais écrasée. C'est alors que le poète se révolte contre l'évidence des faits, et décide de la ressusciter. Comment il entreprendra, seul, pauvre, proscrit, cette tâche formidable, insensée? En exaltant dans son âme et celle de ses compatriotes les forces toutes puissantes des sentiments, en leur donnant un espoir sans frein, en les dotant d'une persévérance infinie. A Dresde, il prend conscience de sa mission, et il écrit pour le peuple qu'il veut sauver, cet austère Livre du Pèlerin Polonais, *recueil de conseils et d'ordres semblables par la forme et le fond à ceux des prophètes d'Israël errant. Il compose aussi la suite des «* Aïeux *», qui marque le bouleversement et la transformation de son âme devant les malheurs de la patrie. Gustave s'y retrouve, mais prisonnier, et ce n'est plus pour une femme qu'il souffrira, ce sera pour la Pologne ; il prendra le nom de Konrad, qui fut celui d'un autre héros de Mickiewicz, dévoué à son pays, celui-là, jusqu'au pire.*

Cette nouvelle partie des « Aïeux *» nous fait assister aux scènes poignantes du procès de Wilno. Elle se passe dans les prisons. Konrad, dans un transport de douleur et d'amour à la vue du martyre de la Pologne, se tourne vers Dieu pour implorer de lui la toute-puissance. Page unique dans l'histoire des lettres, et qui nous secoue de terreur et d'admiration, car nous y sentons une âme sincère qui palpite d'une ardeur désespérée et qui va se briser. Les sentiments qui ont déchiré ou soutenu les Polonais au cours de leur tragique histoire sont ici à leur paroxysme.*

Mais Konrad, orgueilleux, éperdu, en vient à défier Dieu, et il tombe foudroyé au moment de lancer le pire blasphème, que le diable proférera pour lui. La révélation du sort de la Pologne, la promesse de sa résurrection sera faite à l'humble abbé Pierre. Il voit la Pologne clouée sur la croix ; elle est le Christ des nations, et rachètera leurs fautes par son supplice. Il ne fallait pas moins qu'un grandiose idéal pour donner aux Polonais le courage de supporter tant de souffrances imméritées et de se préparer avec confiance pour la libération. « Pourra-t-on jamais analyser la part qu'eut le messianisme dans la conservation de l'esprit national chez les peuples opprimés et

poussés méthodiquement vers leur ruine, tels la Pologne et l'Italie (1) ? »

La splendeur des vers de Mickiewicz ne saurait être rendue par une traduction. Mais le lecteur français pourra entrevoir, par ces quelques pages, la valeur et la portée de cette œuvre extraordinaire.

R. B.

Illustrations et gravures sur bois de JANUSZ TLOMAKOWSKI.

Une chapelle ruinée en Lithuanie, vers minuit.

LE CHŒUR DES PAYSANS.

OUT est morne, il fait noir ! Qu'allons-nous voir, qu'allons-nous voir ?

LE MAGE (1). — Fermez les portes de la chapelle et rangez-vous en rond autour du cercueil, éteignez les lampes et les cierges, suspendez des linceuls aux fenêtres, que la pâle clarté de la lune ne puisse pénétrer à travers les fentes. Courage, et hâtez-vous.

LE VIEILLARD. — Il a été fait comme vous l'avez ordonné.

LE CHŒUR. — Tout est morne, il fait noir. Qu'allons-nous voir, qu'allons-nous voir ?

LE MAGE. — Ames du purgatoire, quelque contrée du monde que vous habitiez, vous qui brûlez dans la poix bouillante, et vous qui grelottez au fond des rivières, et vous qui, par un châtiment plus sévère, emprisonnées dans un jeune arbre, pleurez et gémissez quand l'ardeur du poêle

(1) Le « Guslarz », sorcier villageois, joueur de « gusla », instrument de musique à une corde, qui préside à la Veillée des Ames et qui dirige les opérations magiques.

J. TLOM.

vous consume, accourez chacune au rendez-vous ! Nous célébrons ici la fête des Aïeux ! Descendez dans l'enceinte consacrée, voici des aumônes, des prières, voilà des liqueurs et des mets.

LE CHŒUR. — Tout est morne, il fait noir. Qu'allons-nous voir, qu'allons-nous voir ?

LE MAGE. — Donnez-moi cette poignée de bourre, j'y mets le feu. Vous, aussitôt que la flamme aura jailli, chassez-la d'une légère haleine... Bien, c'est cela, plus loin : encore ! qu'elle se consume en l'air.

LE CHŒUR. — Tout est morne, il fait noir. Qu'allons-nous voir, qu'allons-nous voir ?

LE MAGE. — Vous d'abord, esprits aériens, qui, sur ce vallon de pleurs et de travail, de ténèbres et d'orages, de même que cette flamme, n'avez fait que briller et disparaître, vous qui volez au gré des vents sans pouvoir franchir la porte des cieux, par ce signe lumineux et léger nous vous invoquons, nous vous adjurons : paraissez !

LE CHŒUR. — Parlez, que vous faut-il ? Avez-vous faim ? Avez-vous soif ?

LE MAGE. — Regardez ! Regardez au-dessus de vos têtes ! Qu'est-ce donc qui brille sous la voûte ? Voyez ! deux enfants secouent leurs ailes d'or. Comme deux feuilles portées sur un même zéphyr, ils tournoient dans la coupole du temple ; comme deux colombes jouant sur une même branche, les deux petits anges poursuivent leurs charmants ébats.

LE MAGE ET LE VIEILLARD. — Comme deux feuilles portées sur un même zéphyr, ils tournoient dans la coupole du temple ; comme deux colombes jouant sur une même branche, les deux petits anges poursuivent leurs charmants ébats.

L'ANGE, *s'adressant à une des paysannes.* — Ma mère ! Nous volons chez toi, ma mère. Eh bien ! tu ne reconnais plus ton Joseph ? C'est moi, Joseph, le même moi. Et voici

Rose, ma petite sœur. Nous avons maintenant le paradis pour demeure, et nous y sommes mieux que chez ma mère. Vois ces têtes couronnées d'étoiles, vois ces vêtements tissés avec les rayons de l'aurore ; vois à nos deux épaules ces ailes pareilles à celles des papillons. Au Paradis, rien ne nous manque, chaque jour, fête nouvelle, sous chacun de nos pas une herbe fleurit, tout ce que nous touchons devient une rose. Mais, malgré tous ces biens, l'ennui et l'effroi nous tourmentent. Ah ! ma mère, ma mère ! le chemin du ciel est fermé pour tes enfants !

Le Chœur. — Mais, malgré tous ces biens, l'ennui et l'effroi les tourmentent. Pauvre mère, le chemin du ciel est fermé pour tes enfants !

Le Mage. — Que te faut-il, âme d'enfant, pour arriver au ciel ? Veux-tu des chants pieux ou quelque douce friandise ? Voici des beignets, du lait, des gâteaux, voilà des fleurs et des fraises. Que te faut-il, âme d'enfant pour arriver au ciel ?

L'Ange. — Rien, il ne nous faut rien. Nous sommes malheureux pour avoir goûté trop de douceurs sur la terre. Ah ! dans toute ma vie, je n'ai rien éprouvé d'amer ! Ce n'étaient que caresses, bonbons et malices, et tout ce que je faisais, on le trouvait charmant. Chanter, sauter, courir dans les champs, cueillir des fleurs pour Rosine, tel était mon souci, et le sien était d'habiller sa poupée. Nous venons aux Aïeux, non pour prier ou pour manger, nous ne vous demandons ni messes, ni beignets, ni lait, ni gâteaux, mais seulement deux petits grains de poivre : et ce léger service nous tiendra lieu de toutes les indulgences.

Car apprenez de la bouche d'un ange
Que, d'après un ordre éternel,
Qui sur la terre eut des biens sans mélange,
N'entre pas tout droit dans le ciel.

Le Chœur.

Car apprenons de la bouche d'un ange
Que, d'après un ordre éternel,
Qui sur la terre eut des biens sans mélange,
N'entre pas tout droit dans le ciel.

Le Mage. — Petit ange, petite sœur, ce que vous demandez, le voici. A toi ce grain de poivre, ce grain de poivre à toi. Maintenant, que Dieu vous conduise ! Et, si vous n'écoutez pas la prière, au nom du Père, du Fils et du Saint-Esprit, voyez-vous la croix sainte ? Vous ne voulez ni manger ni boire, laissez-moi donc en paix, partez !

Le Chœur. — Et si vous n'écoutez pas la prière, au nom du Père, du Fils et du Saint-Esprit, voyez-vous la croix sainte ? Vous ne voulez ni manger ni boire, laissez-nous donc en paix. Partez ! partez ! *Ils disparaissent.*

Le Mage. — Minuit terrible approche : fermez la porte aux verrous, prenez ces torches résineuses et placez une cuve d'eau-de-vie au milieu du chœur. Lorsque de loin, je ferai un signe avec cette baguette, que l'eau-de-vie soit allumée.

Le Vieillard. — Tout est prêt.

Le Mage. — Je donne le signal.

Le Vieillard. — La flamme jaillit, tourbillonne et s'éteint.

Le Chœur. — Tout est morne, il fait noir. Qu'allons-nous voir, qu'allons-nous voir ?

Le Mage. — Vous, maintenant, dont l'âme et le corps sont à la fois attachés à cette terre par la lourde chaîne du crime, paraissez ! Quoique le trépas ait brisé votre enveloppe terrestre, et que l'ange de la mort vous appelle, l'âme ne peut encore s'arracher au supplice de la tombe. Si les hommes peuvent soulager de telles peines et vous sauver du gouffre infernal dont vous êtes si près, nous vous adjurons, nous vous invoquons par le feu, votre élément : paraissez !

Le Chœur. — Parlez, que vous faut-il ? Avez-vous faim ? Avez-vous soif ?

Une Voix, *sous la fenêtre.* — Corbeaux, chouettes et vautours, insatiables gloutons ! Laissez-moi donc approcher de la chapelle, deux pas seulement, par pitié.

Le Mage. — *Vade retro!* Vampire affreux ! Voyez-vous ce spectre à la fenêtre, pâle comme un os desséché sur la plaine ? Mais, voyez son visage ! Des éclairs s'élancent de sa bouche fumante, ses yeux sont sortis de leurs orbites et brillent comme des tisons sous la cendre, ses cheveux se hérissent, et de même qu'une longue gerbe de flamme s'échappe d'un buisson d'épines ardentes et sèches, ainsi de la tête du réprouvé jaillissent en crépitant des torrents d'étincelles.

Le Mage et le Vieillard. — Et de même qu'une longue gerbe de flamme s'échappe d'un buisson d'épines ardentes et sèches, ainsi, de la tête du réprouvé jaillissent én crépitant des torrents d'étincelles.

Le Damné, *par la fenêtre.* — Enfants, enfants, ne me reconnaissez-vous pas ? Regardez-moi seulement de près et rappelez vos souvenirs, je suis votre seigneur défunt, mes enfants Ce village fut à moi, la troisième année s'écoule à peine aujourd'hui depuis que vous m'avez descendu dans le tombeau. Trop sévères châtiments du ciel ! je suis au pouvoir de l'esprit infernal et je souffre un tourment horrible. En quelque lieu que la nuit étende ses ailes, je cours avec la nuit, et fuyant le soleil, je mène une existence vagabonde, sans trouver de terme à mon exil. Une faim éternelle me dévore, — qui daignera me présenter un peu de nourriture ? Une troupe d'oiseaux voraces me déchire, — qui osera me défendre ? Plus de terme, plus de terme à mes supplices !

Le Chœur. — Une troupe d'oiseaux voraces le déchire, — qui daignera le défendre ? Plus de terme, plus de terme à ses supplices !

Le Mage. — Que faut-il à ton âme pénitente afin d'alléger ses tourments ? Veux-tu des prières ou des aliments consacrés ? Voici du lait, du pain, voilà des fraises et des fruits. Parle ! que faut-il à ton âme pour qu'elle puisse pénétrer aux cieux ?

Le Damné. — Aux cieux ? Tu blasphèmes. Aux cieux, moi ! Oh non, je ne veux point aller aux cieux. Je veux seulement que mon âme abandonne au plus vite ce corps en

lambeaux. J'aimerais cent fois mieux aller en enfer et supporter tous les supplices des damnés au fond même de l'abîme, que de rôder ainsi sur la terre avec les esprits impurs, de voir les vestiges de mes anciennes orgies, les monuments de mon ancienne cruauté, de me traîner sans cesse, altéré, affamé, du couchant à l'aurore, de l'aurore au couchant, et de nourrir les oiseaux de proie. Mais, ô tourment! tels sont les suprêmes décrets, tant que mon corps ne sera pas désaltéré, rassasié de la main d'un de mes sujets, mon âme maudite ne pourra s'en détacher. (*Après une pause.*) Ah ! que la soif me brûle ! De l'eau, une goutte d'eau sur mes lèvres pour le ciel ! Ah ! deux grains de blé seulement !

LE CHŒUR.— Ah ! que la soif le brûle ! De l'eau, une goutte d'eau sur ses lèvres pour le ciel ! Ah ! deux grains de blé seulement !

CHŒUR DES OISEAUX NOCTURNES. — C'est en vain qu'il supplie, c'est en vain qu'il sanglote. Nous autres, noir essaim, corbeaux, chouettes et vautours, jadis tes serviteurs, nous que tu as fait périr de misère, nous mangerons les aliments, nous boirons les liqueurs. Holà, hé, vautours, chouettes et corbeaux, avec nos ongles et nos becs recourbés, déchirons, dépeçons ces offrandes. Quand même tu les tiendrais déjà dans ta bouche, nos serres sauront y plonger, elles atteindront s'il le faut jusqu'au foie. Tu ignoras la pitié, maître ; à notre tour, corbeaux, chouettes et vautours, ignorons la pitié, déchirons, dépeçons ces aliments, et quand ils seront engloutis, dépeçons, partageons son cadavre, dépouillons ses os de la chair !

LE DAMNÉ. — Pas de secours, pas de soulagement pour moi ! C'est en vain que tu me présentes des coupes et des mets : tout ce que tu me présentes, les oiseaux de proie le dévorent. Non, ce n'est pas pour moi qu'est la fête des Aïeux ! C'est ainsi que je dois souffrir de siècle en siècle, ô justes châtiments du ciel ! car celui qui n'a pas été homme une seule fois dans sa vie ne saurait être assisté par les hommes.

LE CHŒUR. — C'est ainsi que tu dois souffrir de siècle en siècle, ô justes châtiments du ciel ! car celui qui n'a pas été

homme une seule fois dans sa vie ne saurait être assisté par les hommes.

Le Mage. — Puisque rien ne peut te secourir, va-t-en, âme pénitente. Et si tu n'écoutes pas la prière, au nom du Père, du Fils et du Saint-Esprit, vois-tu la croix sainte ? Tu ne veux ni manger ni boire, laisse-moi donc en paix. Va-t-en, va-t-en !

Le Chœur. — Et si tu n'écoutes pas la prière, au nom du Père, du Fils et du Saint-Esprit, vois-tu la croix sainte ? Tu ne veux ni manger ni boire, laisse-nous donc en paix. Va-t-en, va-t-en ! *Le damné disparaît.*

Le Mage. — Maintenant, amis, enfilez cette couronne à l'extrémité de ma baguette. Je fais flamber l'herbe magique ; monte, fumée, monte, lumière !

Le Chœur. — Tout est morne, il fait noir. Qu'allons nous voir, qu'allons-nous voir ?

Le Mage. — Vous, maintenant, vagues esprits qui, sur cette vallée orageuse et sombre, avez passé parmi les hommes, mais loin de la souillure des hommes, qui n'avez vécu ni pour eux, ni pour le monde, semblables à cette verveine et à ces bruyères ne produisant ni fleurs ni fruits... L'oiseau n'ose s'en nourrir, et l'homme dédaigne de s'en parer, mais tressées en couronnes odorantes, on les attache bien haut sur les parois du temple..., aussi orgueilleux qu'elles furent vos soins et vos regards, ô filles de la terre ! O vous dont les ailes virginales n'ont pas encore franchi la porte des cieux, par cet encens et par cette lumière, nous vous adjurons, paraissez !

Le Chœur. — Parlez, que vous faut-il ? Avez-vous faim ? Avez-vous soif ?

Le Mage. — Que vois-je ? Est-ce la Sainte Vierge elle-même ou bien une angélique figure ? Comme l'arc-en-ciel qui s'abaisse en courbe légère du sein des nuages pour aspirer l'eau de la plaine, ainsi brille dans la chapelle cette douce apparition. Une robe blanche flotte jusqu'à ses pieds,

sa chevelure joue avec les zéphyrs, un sourire colore son visage, mais ses yeux sont baignés de pleurs.

LE MAGE ET LE VIEILLARD. — Une robe blanche flotte jusqu'à ses pieds, sa chevelure joue avec les zéphyrs, un sourire colore son visage, mais ses yeux sont baignés de pleurs.

LE MAGE. — Sa tête est couronnée de roses, un rameau vert s'agite dans sa main, devant elle bondit un agneau, au-dessus d'elle voltige un papillon. Elle l'appelle sans cesse : « Viens, viens, petit agneau ». Mais l'agneau s'enfuit à son approche. Elle poursuit le papillon avec son rameau, déjà, déjà, sa main le saisit, hélas, le papillon s'envole toujours.

LUCETTE, *chantant.*

Je suis Lucette la rieuse,
Ma vie en jouant s'écoula.
Paissant mes moutons, tout heureuse,
Je dansais, je chantais, joyeuse,
La, la, la !

Thomas m'offrit deux tourterelles
Pour un baiser qu'il me vola,
Mais je disais, voyant leurs ailes :
Si je pouvais voler comme elles !
La, la, la !

Pour moi Jean quitta sa chaumière,
Joseph à mes yeux s'immola,
Mais de Joseph et de son frère
Je me riais, sauvage et fière,
La, la, la !

Oui, c'est moi qui étais Lucette. Mon nom est bien connu dans ce village. Quoique jolie, je ne voulais pas me marier, et ayant ainsi passé dans les plaisirs mon dix-neuvième printemps, je mourus sans connaître la souffrance ni le vrai bonheur. Je vivais parmi les hommes, mais en étrangère jamais ma pensée trop altière ne descendait sur la plage terrestre ; tantôt, elle poursuivait un zéphyr, une mouche dorée, une couronne de fleurs, jamais un amant. Je me plaisais à écouter les chansons et la flûte des bergers. Souvent, lorsque j'étais seule dans la prairie, je courais vers les trou-

peaux des pasteurs, qui célébraient mes attraits, mais je n'en aimais aucun. Voilà pourquoi, après ma mort, je ne sais ce qui se passe en moi, je brûle d'une flamme inconnue, tout en jouant au gré de mon caprice, je vole où vole le zéphyr, rien ne m'attriste, rien ne me fait mal, et je crée merveilles sur merveilles. Des rayons de l'arc-en-ciel je tisse mes écharpes, des larmes diaphanes du matin, je forme des papillons, des colombes... Toutefois, je ne sais quel ennui me poursuit et m'oppresse, j'attends quelqu'un au moindre murmure, hélas ! et je suis toujours seule. Je souffre de me voir toujours emportée par la brise comme une plume légère. J'ignore si je suis de ce monde ou de l'autre. Si je veux toucher un objet, aussitôt le vent m'en éloigne, il me pousse en haut, en bas, de côté... C'est ainsi que, flottant sur une vague éternellement agitée, je ne puis me poser sur la terre, et je voudrais en vain m'élancer vers les cieux.

Le Chœur. — C'est ainsi que, flottant sur une vague éternellement agitée, tu ne peux te poser sur la terre, et tu voudrais en vain t'élancer vers les cieux.

Le Mage. — Que te faut-il, âme vierge, pour arriver au ciel ? Veux-tu des chants pieux ou quelque douce friandise ? Voici des beignets, du lait, des gâteaux, voici des fleurs et des fraises. Que te faut-il, âme vierge, pour arriver au ciel ?

Lucette. — Rien, il ne me faut rien. Que les jeunes gens accourent, qu'ils me saisissent les mains, qu'ils m'attirent à eux sur la terre, et qu'un instant je puisse jouer avec eux.

Car que chacun apprenne et considère
Que, d'après un ordre éternel,
Tel qui jamais n'inclina vers la terre
Ne peut être admis dans le ciel.

Le Chœur.

Car que chacun apprenne et considère,
Que, d'après un ordre éternel,
Tel qui jamais n'inclina vers la terre
Ne peut être admis dans le ciel.

Le Mage, *à quelques villageois.* — C'est en vain que vous courez à elle, ce n'est qu'une ombre vaine, c'est en vain qu'elle vous tend les bras. Voyez, le souffle du vent la repousse. Mais ne pleure pas, belle enfant, les arrêts suprêmes se dévoilent à mes regards : pendant deux années encore tu voleras seule au gré des vents, et puis tu franchiras la porte des cieux. Aujourd'hui toute oraison te serait inutile ; pars donc, et que Dieu te conduise ! Et si tu n'écoutes pas la prière au nom du Père, du Fils et du Saint-Esprit, vois-tu la croix sainte ? Tu ne veux ni boire, ni manger, laisse-moi donc en paix. Va-t-en, va-t-en !

Le Chœur. — Et si tu n'écoutes pas la prière au nom du Père, du Fils et du Saint-Esprit, vois-tu la croix sainte ? Tu ne veux ni boire, ni manger, laisse-nous donc en paix. Va-t-en, va-t-en ! *La jeune fille disparaît.*

Le Mage. — Maintenant, toutes les âmes à la fois, et chacune en particulier, par une dernière conjuration, je vous appelle ! Pour vous, ce léger repas, pour vous ces poignées de lentilles et ces graines de pavot dans chaque coin de la chapelle.

Le Chœur. — Avez-vous faim ? Avez-vous soif ? Prenez, prenez ce qu'il vous faut.

Le Mage. — Il est temps d'ouvrir la porte de la chapelle. Allumez les lampes et les cierges, minuit est loin. Le coq chante, le terrible sacrifice est consommé, il est temps de commémorer les gestes des aïeux. Arrêtez !...

Le Chœur. — Qu'est-ce ?

Le Mage. — Encore un spectre !

Le Chœur. — Tout est morne, il fait noir. Qu'allons-nous voir, qu'allons-nous voir ?

Le Mage, *à une villageoise.* — La bergère, là-bas, en deuil!.. Levez-vous, car je me trompe bien, ou vous êtes assise sur un tombeau... De par le ciel, enfants, regardez ! N'est-ce pas le plancher qui s'entrouvre ? Un spectre apparaît, il tourne

ses pas vers la bergère et s'arrête auprès d'elle, il tourne son visage vers la bergère, un visage pâle sous un pâle linceul et semblable aux frimas de l'hiver, il plonge dans ses yeux un regard morne et sauvage... Voyez, mais voyez son cœur ! Quel est ce bandeau sanglant comme un ruban de pourpre ou comme un rosaire de corail qui ruisselle de son col à ses pieds ? Spectre étrange ! De sa main, il montre son cœur déchiré, mais il ne dit rien à la bergère.

Le Chœur. — Spectre étrange ! De sa main, il montre son cœur déchiré, mais il ne dit rien à la bergère.

Le Mage. — Que te faut-il, jeune âme ? Veux-tu des prières ou des aliments consacrés ? Voici du pain, du lait, voilà des fraises et des fruits. Que te faut-il, jeune âme, pour arriver au ciel ? *Le spectre se tait.*

Le Chœur. — Tout est morne, il fait noir. Qu'allons-nous voir ? qu'allons-nous voir ?

Le Mage. — Réponds, pâle fantôme !... Muet, tu gardes le silence ?

Le Chœur. — Muet ! Il garde le silence.

Le Mage. — Puisque tu nous dédaignes, nous et nos gâteaux, va-t-en, et que Dieu te mène ! Et si tu n'écoutes pas la prière, au nom du Père, du Fils et du Saint-Esprit, vois-tu la croix sainte ? Tu ne veux ni boire ni manger, laisse-moi donc en paix, va-t-en, va-t-en ! *Le spectre demeure.*

Le Chœur. — Et si tu n'écoutes pas la prière, au nom du Père, du Fils et du Saint-Esprit, vois-tu la croix sainte ? Tu ne veux ni boire ni manger, laisse-nous donc en paix. Va-t-en, va-t-en ! *Le spectre demeure.*

Le Mage. — Grand Dieu ! Quel est ce fantôme ? Il demeure et ne répond pas !

Le Chœur. — Il demeure et ne répond pas ! *Le spectre demeure.*

Le Mage. — Ame bienheureuse ou damnée, quitte ce repas sacré ! Voici le plancher entr'ouvert, va-t-en par le

même chemin : car je te maudirai par le nom du Seigneur. *Le spectre demeure.* Va-t-en, disparais pour l'éternité!... Grand Dieu ! quel est ce fantôme ? Il se tait et ne disparaît pas !

LE CHŒUR. — Il se tait et ne disparait pas.

LE MAGE. — Vaines prières ! menaces vaines ! Il ne craint pas mes conjurations. Donnez-moi le bénitier de l'autel... Quoi ! même l'eau sainte est sans pouvoir ! Le fantôme s'obstine à rester muet, sombre, immobile, comme une pierre sur les tombeaux !

LE CHŒUR. — Le fantôme s'obstine à rester muet, sombre, immobile, comme une pierre sur les tombeaux ! Tout est morne, il fait noir. Qu'allons-nous voir, qu'allons-nous voir ?

LE MAGE. — Cela passe les bornes de l'intelligence humaine... Bergère, connais-tu cet homme ? Il y a là-dessous quelque terrible mystère. Ce deuil, de qui le portes-tu ? Ton mari, ta famille se portent bien pourtant... Eh ! quoi ! tu ne dis mot ? Regarde-nous, réponds-nous donc !... Es-tu morte, mon enfant ? Pourquoi souris-tu... pourquoi ? Qu'y a-t-il en lui de risible ?

LE CHŒUR. — Pourquoi souris-tu... pourquoi ? Qu'y a-t-il en lui de risible ?

LE MAGE. — Donnez-moi l'étole et le cierge bénit. Je vais l'allumer, je vais asperger encore. La lumière, nos aspersions sont impuissantes, l'âme réprouvée ne bouge pas. Emmenez la bergère, conduisez-la hors de la chapelle. Pourquoi le regardes-tu... pourquoi ? Qu'y a-t-il en lui d'attrayant ?

LE CHŒUR. — Pourquoi le regardes-tu... pourquoi ? Qu'y a-t-il en lui d'attrayant ?

LE MAGE. — Dieu ! Le vampire a marché ! Partout où nous l'entraînons, il la suit. Qu'allons-nous voir, qu'allons-nous voir ?

LE CHŒUR. — Partout où nous l'entraînons, il la suit ! Qu'allons-nous voir, qu'allons-nous voir ?

(Wilno, rue Ostrobramska, dans le couvent des Frères basiliens, transformé en prison d'Etat. — La cellule d'un prisonnier.)

LE PRISONNIER.

E serai libre !... J'ignore d'où m'en est venue la nouvelle, mais je sais ce que vaut la liberté accordée par la grâce des Moscovites... Les infâmes ! ils m'ôteront les fers des mains et des pieds, mais ils me les feront peser sur l'âme. Je serai donc exilé ! Moi, poète, errer seul au milieu d'une foule étrangère, d'une foule ennemie, qui de mes chants ne saisira rien, qu'un bruit vague et confus. Les infâmes ! C'est la seule arme qu'ils n'aient pu m'arracher, mais ils l'ont brisée, gâtée entre mes mains. Vivant, je serai mort pour ma patrie, et ma pensée, ensevelie sous l'ombre de mon âme, sera comme le diamant brut, enfermé dans la pierre !

Il se lève et trace avec un charbon, d'un côté.

D. O. M.
GUSTAVUS OBIIT
M. D. CCC. XXIII
CALENDIS NOVEMBRIS

De l'autre côté de la cellule.

HIC NATUS EST CONRADUS
M. D. CCC. XXIII. — CALENDIS NOVEMBRIS

Il s'appuie contre une fenêtre et s'endort.

UN ESPRIT. — Homme ! Si tu connaissais ta puissance, quand la pensée qui germe dans ta tête, comme l'étincelle au sein des nuages, brille invisible, amasse les brouillards et fait naître une pluie féconde ou provoque la tempête, si tu savais que les anges et les démons attendent en silence ta pensée à peine formée, comme les éléments les éclats de la foudre ! Et soit que tu te précipites dans les enfers, soit que tu brilles dans les cieux, tu rayonnes comme un nuage errant, mais sublime, sans savoir où tu vas, sans savoir ce que tu fais.

Hommes ! il n'est pas un de vous qui ne puisse, isolé, dans les chaînes, faire crouler ou relever les trônes, par la seule puissance de la pensée et de la foi !

Wilno. — Un corridor. — La sentinelle, l'arme au bras, se tient dans l'éloignement. — Quelques jeunes détenus sortent de leurs cellules avec des chandelles. — Vers minuit.

JACQUES. — Peut-on ? Nous verrons-nous enfin ?

ADOLPHE. — La garde boit, le caporal est gagné.

JACQUES. — Quelle heure est-il ?

ADOLPHE. — Minuit bientôt.

JACQUES. — Mais si la ronde nous surprend, le caporal périra sous les verges.

ADOLPHE. — Eteins seulement ta chandelle, car, vois-tu, la lumière se reflète sur la fenêtre. (*Ils éteignent les chandelles.*) La ronde, c'est un enfantillage. Il lui faudra longtemps frapper à la porte, échanger le mot d'ordre, chercher les

clefs, et puis les corridors sont longs. Avant d'être surpris, nous nous séparons, les portes se ferment, chacun se jette sur son lit et ronfle comme un homme qui dort.

D'autres détenus, appelés par leurs noms, sortent de leurs cellules.

JEGOTA. — Bonsoir.

KONRAD. — Te voici ?

L'abbé LWOWICZ. — Vous voici ?

Jean SOBOLEWSKI. — Oui, me voici !

FREIEND. — Sais-tu, Jegota ? Allons dans ta cellule. Ce nouveau détenu commence aujourd'hui son noviciat, il a une cheminée chez lui, nous aurons un bon feu, et la nouveauté du lieu par-dessus le marché. Il est bon parfois de voir des murs inconnus.

SOBOLEWSKI. — Jegota, le bienvenu, et toi donc aussi, mon cher !

JEGOTA. — Ma cellule a trois pieds, et vous êtes tant !

FREIEND. — Eh bien, allons plutôt dans la chambre de Konrad ; c'est la plus éloignée et elle est adossée à l'église, on a beau crier et chanter, on ne risque pas d'être entendu. Aujourd'hui, j'ai l'intention de donner un libre cours à ma voix ; en ville, on pensera que ce sont chants d'église, c'est demain Noël. Eh ! camarades, j'ai aussi quelques bouteilles.

JACQUES. — A l'insu du caporal ?

FREIEND. — Le caporal est honnête homme et profitera des bouteilles. En outre, c'est un Polonais, un ancien légionnaire, que le tzar a forcé à se transformer en Moskovite. Le caporal, d'ailleurs, est bon catholique, et permet aux détenus de passer ensemble la vigile de Noël.

JACQUES. — Si on l'apprenait, cela ne se passerait pas

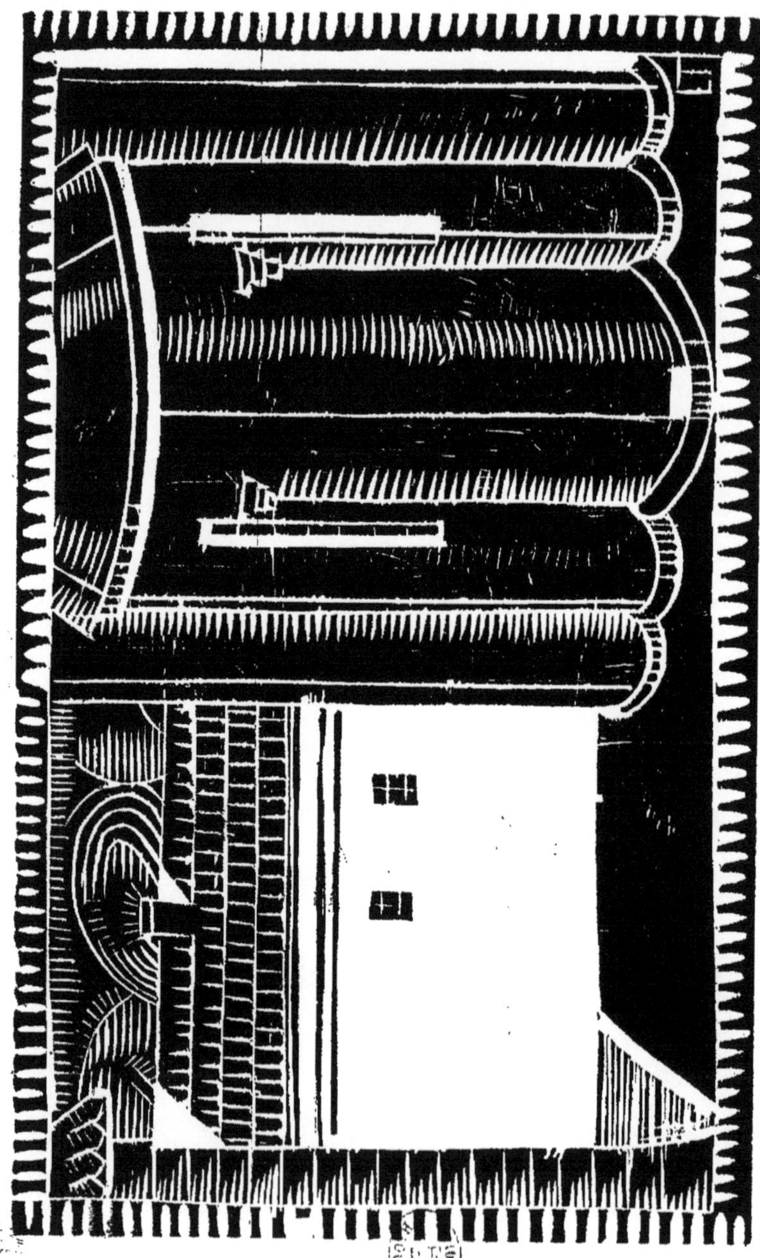

impunément ! *Ils entrent dans la cellule de Konrad, y font du feu et rallument les chandelles.*

L'abbé Lwowicz. — Et comment as-tu fait, mon cher Jegota, pour être des nôtres ? Depuis quand ?

Jegota. — Aujourd'hui même, on m'a enlevé à ma maison, à mes champs.

L'abbé Lwowicz. — Tu étais donc agronome ?

Jegota. — Et quel agronome encore ! Si tu avais seulement vu mes bœufs et mes mérinos ! Moi qui auparavant savais à peine distinguer le grain de la paille, j'ai la réputation de meilleur agronome de la Lithuanie.

Jacques. — On s'est emparé de toi, comme cela, inopinément ?

Jegota. — Depuis longtemps, j'entendais parler d'enquêtes criminelles à Vilno. Ma maison est située près de la grande route, nous voyions des kibitkas voler au galop, et chaque nuit le cor sinistre du postillon nous remplissait de terreur. Plus d'une fois, le soir, quand nous nous mettions à table et qu'en plaisantant l'un des convives faisait sonner le manche du couteau contre un verre, les femmes tremblaient et les vieillards pâlissaient, croyant entendre la clochette du feldjaeger. Lorsqu'on m'a enlevé, j'ignorais qui l'on cherchait et pour quel délit, car jusqu'à présent, je n'ai été d'aucune conspiration. Je suppose que le gouvernement a imaginé ces enquêtes dans un but sordide, et que nos détenus, après avoir donné force argent, s'en retourneront paisiblement chez eux.

Thomas Zan. — Ah ! Tel est votre espoir ?

Jegota. — Ils ne nous enverront pourtant pas en Sibérie, innocents et ne devant rien à personne. Et quels crimes inventeront-ils ou trouveront-ils en nous ? vous vous taisez ? Expliquez-moi ce qui se passe ici. De quoi sommes-nous coupables ? Quels sont les chefs d'accusation ?

Thomas ZAN. — Les voilà : c'est que Novosiltzoff est revenu de Varsovie. Tu connais sans doute le caractère de Monsieur le Sénateur, tu sais aussi qu'il était en disgrâce près de l'empereur, qu'il avait dissipé en orgies le fruit de ses rapines, perdu tout crédit près des marchands et qu'enfin il était aux abois. Ne pouvant, malgré tous ses efforts et tous ses soins, découvrir de conspiration en Pologne, il a résolu de venir exploiter un pays vierge, la Lithuanie, et c'est ici qu'il s'est transporté avec tout son état-major d'espions. Mais afin de piller impunément la Lithuanie et de rentrer en grâce près de l'autocrate, il lui faut découvrir de grands crimes dans nos associations, et sacrifier au tzar de nouvelles et de nombreuses victimes.

JEGOTA. — Mais nous saurons nous défendre, nous disculper.

Thomas ZAN. — Se défendre ne servirait à rien, les enquêtes et les jugements s'opèrent en secret, on ne nous dira même pas la cause de notre mise en accusation. Notre accusateur est notre juge, il veut à toute force notre condamnation, nous ne l'éviterons pas. Il nous reste encore un moyen, déplorable, mais unique. Nous immolerons quelques-uns de nous à nos bourreaux, et ceux-là prendront sur eux les crimes de tous. J'étais à la tête de votre association, je crois de mon devoir de souffrir pour vous, mes amis. Choisissez encore parmi vous quelques-uns de nos frères, ceux qui sont orphelins, plus âgés, non mariés, dont le sacrifice, en délivrant nos frères plus jeunes et plus utiles, fera saigner moins de cœurs en Lithuanie.

JEGOTA. — Les choses en sont-elles donc venues à ce point?

JACQUES. — Voyez comme Jegota s'est attristé ! Il ignorait, lui, qu'il avait peut-être quitté sa maison à tout jamais.

FREIEND. — Jacques a laissé sa femme dans les douleurs de l'enfantement, et cependant il ne pleure pas.

Félix KOLAKOWSKI. — Pourquoi pleurerait-il ? Qu'il rende plutôt gloire à Dieu ! Si elle met au monde un fils,

je lui prédirai son avenir. Donne-moi ta main, j'ai quelque talent en chiromancie et je te tirerai l'horoscope de ton enfant. (*Il regarde sa main.*) S'il est honnête homme sous le gouvernement moskovite, il fera infailliblement connaissance avec les juges et la kibitka. Qui sait, peut-être nous trouvera-t-il encore tous en prison. J'aime les fils, ils sont nos futurs compagnons.

JEGOTA. — Etes-vous ici depuis longtemps ?

FREIEND. — Comment savoir les dates ? Nous n'avons pas d'almanach et personne ne nous écrit. Le plus difficile est de savoir quand nous en sortirons.

SUZIN. — J'ai à ma fenêtre une paire de rideaux en sapin, impossible de distinguer le matin du soir.

FREIEND. — Demandez-le plutôt à Thomas, le patriarche de nos misères, le plus criminel à leurs yeux, il a été aussi le premier saisi, il nous a tous devancés dans cette prison et il sera le dernier à en sortir. Il nous connaît tous, il sait d'où, comment et quand chacun de nous est arrivé.

SUZIN. — C'est donc là M. Thomas ? Je ne l'aurais jamais reconnu. Donnez-moi votre main. Vous ne m'avez pas remarqué dans le temps où votre amitié était bien précieuse, où de nombreux et intimes amis vous entouraient ; vous ne m'avez pas aperçu dans la foule, mais moi je vous connaissais, vos efforts et vos souffrances pour nous sauver ne m'ont pas échappé. De ce moment, je me ferai gloire de nos relations, et près de rendre le dernier soupir, je dirai : « J'ai pleuré avec Thomas Zan .»

FREIEND. — Mais, au nom du ciel, à quoi bon ces larmes et ces soupirs ! Ne savez-vous pas que Thomas, étant libre, avait sur son front inscrit en grandes lettres le mot prison ? Aujourd'hui, dans un cachot, il se retrouve chez lui, il vit dans son élément, il était sur cette terre comme un cryptogame que les rayons du soleil flétrissent et dessèchent, et tandis que nous autres, tournesols humains, nous pâlissons, nous nous étiolons, lui se développe, fleurit et prospère. Mais

aussi, Thomas a dû subir une cure à la mode, une cure qui fait du bruit, la cure de la faim.

JEGOTA. — On vous fait donc mourir d'inanition ?

FREIEND. — On lui donne bien quelques aliments, mais si tu les voyais ! L'aspect en est vraiment curieux et il suffit d'en infecter les cellules pour empoisonner tous les rats et les grillons.

JEGOTA. — Et comment pouviez-vous y toucher ?

Thomas ZAN. — Pendant les huit premiers jours, je ne mangeais pas. Puis, je goûtai et me sentis défaillir, j'éprouvai des douleurs et des coliques pareilles à celles que produit le poison, et pendant quelques semaines, je restai sans connaissance. J'ignore la durée de mes maux, j'en ignore jusqu'au nom, car je n'eus pas de médecin pour les définir. Enfin, je me levai, je mangeai de nouveau, et mes forces revinrent, si bien qu'il me semble maintenant que j'étais fait pour vivre de cette nourriture.

FREIEND. — Croyez-moi, hors de la prison, c'est le monde des chimères. Celui qui a passé par ici a seul pénétré les secrets de la cuisine et du confortable en fait d'habitation, le bon ou le mauvais est en effet de l'habitude. Un Lithuanien demandait une fois, je ne sais plus à qui, au diable ou à quelque Piltzuk, pourquoi il se plaisait dans la boue : « J'y demeure parce que j'y suis fait », fut sa réponse.

JACQUES. — Mais comment peut-on s'y habituer ?

FREIEND. — En cela consiste tout l'art.

JACQUES. — Il me semble que je suis ici depuis huit mois, et cependant, je n'en souffre pas moins.

FREIEND. — Mais aussi, pas davantage ? Thomas en a pris tellement l'habitude qu'un air salubre pèserait sur sa poitrine, lui occasionnerait des vertiges. Il oublie de respirer et ne quitte pas sa cellule. Si jamais on le chasse d'ici, sa détention se trouvera compensée par une économie sur le

vin, car il n'aura qu'à humer un peu d'air pour se mettre en goguette.

Thomas Zan. — J'aimerais mieux vivre sous terre, endurer la faim, les maladies, le knout et qui plus est, l'interrogatoire, que de vous avoir pour voisins dans une prison, fût-elle même moins dure que celle-ci. Les brigands ! Ils veulent tous nous enterrer dans un même cercueil.

Freiend. — Comment ! C'est vous qui nous pleurez ? Nous sommes vraiment dignes de regrets, moi surtout ! Je vous le demande, de quelle utilité est ma vie ? En temps de guerre, passe encore, j'ai quelque talent pour batailler, et j'exterminerai plus d'un cosaque, mais durant la paix, que me servirait de vivre un siècle entier en donnant les Russes à tous les diables ? Je mourrai et tout sera dit. Libre, ma vie s'écoulerait inaperçue, comme la poudre et le vin de médiocre qualité. Aujourd'hui que le vin est sous le bouchon et la poudre sous les étoupes, détenu j'ai la valeur d'une bouteille ou d'une cartouche ; oui, libre, je m'éventerais comme le vin d'un broc percé, je brûlerais sans bruit comme la poudre sur un bassinet ouvert. Mais, si l'on m'entraîne chargé de fers en Sibérie, nos frères, les Lithuaniens, diront en me voyant passer : « Voilà un noble sang, voilà notre jeunesse qui périt ! Attends, brigand d'autocrate, attends, Moscovite. » Un homme comme moi, cher Thomas, se laisserait pendre pour que ta vie se prolongeât d'un seul instant. Un homme comme moi ne sert sa patrie que par sa mort, je mourrais dix fois pour que tu ressuscitasses une seule, toi ou Konrad, le sombre poète qui nous prédit l'avenir comme une tzigane. (*A Konrad.*) Je crois, puisque Thomas nous le dit, que tu es un grand poète. Je t'aime, toi, tu ressembles aussi à une bouteille, comme elle tu répands tes chants, tu exhales le sentiment, l'enthousiasme. Nous buvons, nous aspirons, nous autres, et toi tu décroîs, tu te dessèches ! (*Il prend la main de Konrad en essuyant ses larmes. A Thomas et à Konrad.*) Vous savez que je vous aime, mais on peut s'aimer sans pleurer. Ainsi, mes frères, séchez vos larmes, car si une fois je m'attendris et me mets à gémir, j'éteindrai le feu et ne ferai pas le thé. *Il prépare le thé. Un moment de silence.*

L'abbé Lwowicz, *en montrant Jegota.* — En vérité, nous faisons triste accueil à notre nouvel hôte. Il est de mauvais augure, en Lithuanie, de pleurer un jour de bienvenue. Ne sommes-nous pas assez taciturnes le jour ? Ah ! quel long silence !...

Jacques. — Quelles nouvelles de la ville ?

Tous. — Voyons les nouvelles !

L'abbé Lwowicz. — Aucune.

Adolphe. — Jean vient de subir aujourd'hui un interrogatoire, il a passé une heure en ville, mais il est triste et silencieux. Il a l'air de n'être pas en train de parler.

Quelques Détenus. — Allons, Jean, des nouvelles !

Sobolewski, *tristement.* — Elles sont bien mauvaises. Vingt kibitkas expédiées aujourd'hui même en Sibérie.

Jegota. — Encore des nôtres ?

Sobolewski. — Des étudiants de la Samogitie.

Tous. — En Sibérie !

Sobolewski. — Et en grande pompe ! Il y avait affluence de spectateurs.

Tous. — Quoi ! déportés ?

Sobolewski. — Oui, je l'ai vu.

Jacques. — Tu l'as vu ! Et nos frères aussi ? Tous déportés ?

Sobolewski. — Tous, jusqu'au dernier... Je l'ai vu, te dis-je. Je demandai au caporal de pouvoir m'arrêter un instant, il y consentit. Je me tins au loin, caché entre les colonnes de l'église. On disait la messe, le peuple affluait de toutes parts, soudain, il s'élance en tumulte vers la porte,

et puis vers la prison. Seul, je restai sous le porche de l'église, devenue si déserte que je voyais tout au fond le prêtre officiant, le calice à la main, et l'enfant de chœur avec sa sonnette. Le peuple entoura la prison d'un rempart immobile. Des portes du cachot jusque vers le milieu de la place, se tenaient deux rangs de soldats, tambours en tête, comme pour une grande solennité : au centre, les kibitkas. Tandis que je les regarde, un agent de police à cheval accourt vers la prison, sa figure est celle d'un grand homme s'apprêtant à conduire un grand triomphe : oui, le triomphe du tzar, du grand vainqueur d'enfants ! Au roulement du tambour, les portes s'ouvrent. Je les vois : chaque prisonnier est suivi de gardes, la baïonnette au fusil ! C'étaient de pauvres enfants souffreteux, ils avaient tous, comme des recrues, la tête rasée, les fers aux pieds. Pauvres enfants ! Le plus jeune se plaignait (il avait dix ans, le malheureux) de ne pouvoir soulever ses chaînes, et montrait ses pieds nus et ensanglantés. L'homme de police en passant demanda le motif de ces plaintes. Un homme plein d'humanité, l'homme de police ! lui-même, il examina les chaînes : « Dix livres, dit-il, c'est conforme au règlement. » On entraîna Jankowski, car c'était lui !... Les tortures l'avaient rendu laid, maigre et noir, mais quelle noblesse dans ses traits. Ce jeune garçon si étourdi, si gentil il y a un an, regardait aujourd'hui du haut de sa kibitka, comme cet autre empereur du haut de son rocher. D'un œil fier, sec et serein, il semblait consoler ses compagnons de captivité, il saluait le peuple avec un sourire amer mais calme, il semblait vouloir lui dire : « Voyez si la douleur m'abat ». Soudain, il me parut que ses yeux avaient rencontré les miens. Comme il ne voyait pas le caporal qui me tenait par mon habit, il me supposa libre et m'envoya de la main un baiser en signe d'adieu et de félicitations. Tous les yeux, soudain, se dirigèrent vers moi, le caporal me tira violemment, afin de me cacher, je résistai, mais je me serrai contre la colonne et j'observai à mon aise la figure et les gestes du prisonnier. Il s'aperçut que le peuple pleurait en regardant ses fers, il en secoua la chaîne comme pour montrer qu'elle n'était point trop lourde pour lui. Aussitôt le cheval prit son galop, la kibitka s'élança comme un trait, et le condamné ôtant son chapeau et se redressant de toute sa hauteur, cria d'une voix retentissante : « Non, la Pologne n'est point morte ! » La foule le déroba à mes yeux. Mais longtemps

encore je vis cette main levée vers le ciel, ce feutre noir et déchiré comme un étendard funèbre, cette tête violemment dépouillée de sa chevelure, cette tête immaculée, fière, brillant au loin, qui proclamait devant tous son innocence et sa honte. Elle surgissait du milieu des têtes noires agitées comme des vagues, pareille à celle du dauphin prophète de l'orage. Cette main et cette tête sont encore devant mes yeux et resteront gravés dans mon souvenir... Comme une boussole, elles me guideront sur le chemin de la vie et m'indiqueront la vertu... Si jamais je les oublie, ô mon Dieu, oublie-moi dans le ciel !

L'abbé Lwowicz. — Amen, pour vous.

Chaque Prisonnier. — Amen, pour toi.

Sobolewski. — Cependant, les voitures avançaient à la file, on y jetait les prisonniers un à un. Je parcourus du regard la foule serrée du peuple et des soldats, tous les visages étaient pâles comme la mort, et dans cette foule, il régnait un silence tel que j'entendais chaque pas, chaque froissement des chaînes. Le peuple, l'armée, tous étaient émus mais tous se taisaient, tous avaient peur du tzar... Enfin, le dernier prisonnier fut amené, il semblait résister, mais il se traînait à peine, le pauvre enfant, et chancelait à chaque pas. On lui faisait lentement descendre les degrés, mais à peine eut-il posé le pied sur le second qu'il roula par terre. C'était Wasilewski, notre voisin de captivité. Il avait reçu tant de coups à l'interrogatoire d'hier qu'il ne lui était pas resté une goutte de sang au visage. Un soldat vint et releva le corps étendu, d'une main il le portait jusqu'à la voiture, de l'autre, il essuyait des larmes furtives. Le trajet fut long, solennel. Wasilewski n'était pas évanoui, affaissé, appesanti, mais il s'était roidi après sa chute, et droit comme une solive il étendait ses deux bras au-dessus des épaules du soldat, comme s'il était mort sur la croix. Il avait les yeux hâves, éteints, largement ouverts. Et le peuple aussi ouvrit les yeux et les lèvres, et de ces mille poitrines, un soupir immense retentit autour de nous, soupir creux et profond, comme si toutes les tombes enfouies sous l'église avaient gémi... Le commandant l'étouffa par un roulement et l'ordre : « Aux armes, en avant, marche » ébranla la colonne. Chaque ki-

bitka partit comme un éclair et traversa les rues. Une seule paraissait vide, elle contenait un prisonnier invisible, dont la main étendue vers le peuple, engourdie, morte, tremblotait à travers la paille comme en signe d'adieu. La kibitka disparut dans la mêlée. Avant que le fouet eut frayé un passage au convoi, on s'arrêta devant l'église, et au moment même où le cadavre passait j'entendis la sonnette du servant. La nef était déserte, je vis la main du prêtre élever vers le ciel la chair et le sang du Seigneur, et m'écriai : « Seigneur, toi qui répandis ton sang innocent pour le salut du monde, toi que Pilate a condamné, accueille cette jeune victime condamnée aussi par le tzar : elle n'est ni aussi sainte, ni aussi grande, mais elle est aussi innocente ! »

Long silence.

JOSEPH. — J'ai lu les relations de certaines guerres des temps primitifs et barbares, il est écrit qu'en ces temps, l'ennemi n'épargnait point les arbres des forêts et qu'il incendiait bois et moissons. Mais le tzar est plus ingénieux, il ensanglante plus profondément et plus cruellement la Pologne, il enlève, il étouffe jusqu'aux semailles, et Satan lui-même lui enseigne son arcane de destruction.

FÉLIX. — Et Satan lui-même décernera le prix à son élève.

Moment de silence.

L'abbé LWOWICZ. — Frères, peut-être ce prisonnier vit-il, encore, Dieu seul le sait et Dieu le fera connaître un jour. Moi, son serviteur, je prierai. Joignez vos prières aux miennes pour le repos des martyrs. Savons-nous si le même sort ne nous attend pas demain.

ADOLPHE. — Priez donc aussi pour l'âme de Xavier, vous savez qu'il s'est brûlé la cervelle au moment d'être saisi.

FREIEND. — C'était fort à propos ! Il partageait avec nous les banquets joyeux ; quand il a fallu partager la misère, il a déserté dans l'autre monde.

L'abbé LWOWICZ. — Cependant il conviendrait de s'en souvenir aussi dans nos prières.

Jankowski. — Prier : Sais-tu bien que ta foi me fait rire ! Quand même je deviendrais Tatar ou musulman, voleur, espion, assassin, Prussien, Autrichien, employé du tzar, je braverais encore le châtiment céleste. Wasilewski n'est plus, nous sommes ici et les tzars règnent toujours.

Freiend. — C'est ce que j'allais dire ! Tu as commis le péché pour moi, c'est bien fait. Mais laisse-moi respirer, car à cet affreux récit, je sens que ma raison s'égare, que mes larmes s'arrêtent. Félix, tâche donc de nous consoler un peu. O toi ! si l'envie t'en prenait, tu ferais rire le grand diable dans les enfers !

Quelques Détenus. — Oui, oui, Félix, parle, chante, divertis-nous. La parole est à Félix. Freiend, verse-lui du vin.

Jegota. — Un moment, s'il vous plaît. Je suis aussi un orateur de diétine. Quoique arrivé le dernier, je ne veux pas rester bouche close. Joseph nous a parlé de grains, un paysan doit répliquer de sa place et discourir à fond sur de pareilles matières. Puisque le tzar veut emporter dans son tzarat et enfouir toutes les semences de notre jardin, le blé deviendra cher, mais ne craignons point la famine, M. Antoine a déjà traité quelque part ce genre d'économie rurale.

Un des Prisonniers. — Quel Antoine ?

Jegota. — Connaissez-vous la fable de Gorecki, ou plutôt connaissez-vous la vérité ?

Plusieurs. — Eh bien ! dites-nous la, camarade.

Jegota. — Lorsque Dieu eut banni le premier pécheur de son paradis terrestre, il ne voulut point que l'homme expirât de faim, et fit répandre par les anges, le long de sa route, toutes les semences de la terre. Adam vint, et n'en connaissant point l'usage, passa son chemin. Mais le diable, en sa qualité de savant, vint à la brune, les considéra et se mit à parler en ces termes : « Ce n'est point en pure perte que Dieu a répandu ici quelques poignées de blé, il doit y avoir dans ces graines quelque vertu secrète : dérobons-les, avant que

l'homme n'en comprenne la valeur. » Il creusa donc une fosse dans la terre avec ses cornes, la remplit de seigle, l'inonda de salive, la recouvrit et la battit avec ses pieds et ses ongles. Fier et joyeux d'avoir déjoué les desseins de Dieu, il poussa un grand éclat de rire, rugit et disparut. Mais il ne perdit pas pour attendre. Le printemps fit éclore les herbes, les épis et les grains, à la grande stupéfaction du diable. O vous qui ne régnez sur le monde qu'à la faveur de la nuit, qui nommez la ruse génie, et l'atrocité force, ceux d'entre vous, sachez-le-bien, qui découvrent la foi et la liberté, et croyant tromper Dieu, les enfouissent dans la terre, ne font d'autres dupes qu'eux-mêmes.

Jacques. — Bravo ! Maître Antoine. Sans doute, il te faudra faire un voyage à Varsovie pour expier cette fable par un an de prison !

Freiend. — C'est bien cela, mais je reviens à mon Félix de tantôt. Quelles chansons que vos fables ! Je me casse la tête une heure avant d'en deviner la moralité. Mais les chansons de Félix, à la bonne heure ! Vive Félix avec ses chansons. *Il lui verse du vin.*

Jankowski. — Mais voyez ce que fait Lwowicz ! Il est sans doute en prières pour les morts. Attendez, je vais chanter à Lwowicz une litanie. *Il chante.*

N'attendez pas que je m'écrie
Jésus-Marie,
Pour que je croie et que je prie,
Jésus-Marie,
Il faut avant qu'elle châtie,
Jésus-Marie,
Le tzar qui souille ma patrie,
Jésus-Marie,
Tant que le tzar est plein de vie,
Jésus-Marie,
Que Novoslitzoff communie,
Jésus-Marie,
Tant que je crains la Sibérie,
Jésus-Marie,
N'attendez pas que je m'écrie :
Jésus-Marie !

UN PRISONNIER. — Félix, il faut bon gré mal gré nous chanter quelque chose. Versez-lui du thé, du vin.

FÉLIX. — Les amis décident donc à l'unanimité que je dois être gai ? Soit, mon cœur se brise, mais je chanterai toujours et je serai joyeux. *Il chante* :

CHŒUR.

Qu'importe s'il faut disparaître
Dans l'exil, aux fers, sous la hart,
Si, toujours fidèle à mon maître,
Je dois travailler pour le tzar.

Au minerai de Sibérie,
Que j'exploite et forge avec art,
Je dirai : « Venge ma patrie,
« Sois une hache pour le tzar. »

Si par faveur extrait du bagne
J'épouse une enfant du Tatar,
Je lui dirai : « Brune compagne,
« Fais naître un Palhen pour le tzar. »

Si je deviens propriétaire,
Ataman, moujik ou boiar,
Je ferai semer dans ma terre
Du chanvre et du lin pour le tzar.

Du lin, du chanvre, on fait des cordes,
Puis une écharpe, et par hasard
Un prince Orloff, un chef de hordes
Viendra se pendre au cou du tzar.

CHŒUR

Avec du chanvre, on fait des cordes
Puis, on les jette au cou du tzar.

SUZIN. — D'où vient que Konrad est immobile, absorbé comme s'il se recueillait pour sa confession générale ? Félix... il n'a rien entendu de ta chanson, Konrad !... Voyez son visage pâlit... il se colore de nouveau... Serait-il malade?

FÉLIX. — Silence, attendez... je l'avais prévu. Oh ! pour

nous qui connaissons Konrad, ce n'est pas un mystère. Minuit est son heure. Maintenant, Félix, tais-toi, nous allons entendre une autre chanson. Mais il nous faut de la musique. Freiend, voici ta flûte, joue cette mélodie qu'il aimait autrefois, et nous écouterons, puis nous chanterons en chœur quand le temps sera venu.

JOSEPH, *regardant Konrad.* — Frère... son âme est envolée... Elle erre dans une contrée lointaine. Peut-être lit-elle l'avenir dans les cieux ouverts pour lui seul, peut-être s'entretient-elle avec ses esprits familiers qui lui racontent ce qu'ils ont appris dans les étoiles. Quels yeux étranges ! La flamme brille sous ses paupières, et ses yeux ne disent rien, ne demandent rien... L'âme les a quittés, ils brillent comme les foyers qu'abandonne une armée partie en silence et dans l'ombre de la nuit pour une expédition lointaine... Avant que les feux ne s'éteignent, l'armée sera de retour dans son camp délaissé. *Freiend essaie quelques airs.*

KONRAD, *chantant.*

Mon génie était mort, ma voix était muette,
Mais le chant la réveille et soudain rugissant,
Surgit l'hymne vampire, il demande du sang,
Du sang, du sang, du sang ! C'est le cri du poète,
Vengeance ! A toute heure, en tout lieu,
Vengeance ! Avec Dieu, malgré Dieu !

CHŒUR.

Vengeance ! Avec Dieu, malgré Dieu !

KONRAD.

Et voici ce qu'il dit : « Allons par tout l'Empire
Torturer nos amis dans leurs tombeaux ardents,
Que leur âme en démence ensanglante nos dents,
Afin qu'elle revienne et se change en vampire
Vengeance ! A toute heure, en tout lieu,
Vengeance ! Avec Dieu, malgré Dieu !

CHŒUR

Vengeance, avec Dieu, malgré Dieu !

KONRAD.

Allons boire le sang de l'ennemi, du traître,
Découper son cadavre, et lambeau par lambeau,
Clouons ses pieds, ses mains aux planches du tombeau,
Pour que jamais vampire, il ne puisse renaître.
Vengeance ! A toute heure, en tout lieu,
Vengeance ! Avec Dieu, malgré Dieu !

CHŒUR.

Vengeance avec Dieu, malgré Dieu !

KONRAD.

Jusqu'au fond des enfers, nous traînerons son âme,
Nous asseyant dessus durant l'éternité,
Nous lui ferons vomir son immortalité.
Tant qu'elle sentira, fouettons, mordons l'infâme !
Vengeance ! A toute heure, en tout lieu,
Vengeance ! Avec Dieu, malgré Dieu !

CHŒUR

Vengeance ! Avec Dieu, malgré Dieu !

L'abbé LWOWICZ, *les interrompant.* — Konrad, au nom du ciel, arrête ! C'est une chanson païenne.

LE CAPORAL. — Quel regard affreux, c'est une chanson diabolique !

KONRAD, *au son de la flûte.* — Je monte, je m'envole... là au sommet du rocher ! Je plane au-dessus de la race des hommes, entre les prophètes. D'ici, je perce de mon regard, comme d'un glaive, les épais nuages de l'avenir, avec mes mains comme le souffle des tempêtes, je déchire ses brouillards ! Il se lève. Il se fait jour ! J'abaisse mes yeux sur les peuples. Là se déroule le livre sybillin des destinées du monde, là, sous mes pieds, regardez... Comme les oiseaux de la plaine, effrayés d'apercevoir un aigle, se jettent par volées contre terre, se cachent, se blottissent dans le sable, ainsi des évènements et des siècles futurs, en me voyant, moi, l'aigle, dans les cieux ! Fondez à leur poursuite, mes yeux de vau-

tour, mes éclairs, saisissez-les, mes ongles !... Les voilà... je les tiens...

Mais quoi, quel oiseau s'est dressé, déployant ses ailes, couvrant tous les autres et me défiant du regard ? Ses ailes noires comme une nuée enceinte de la foudre, longues et larges comme un arc-en-ciel ! Le voilà qui les étend sur tous les cieux.

C'est un corbeau géant !... Corbeau, qui donc es-tu ? Parle « Je suis un aigle. » Il me regarde droit dans les yeux... Il trouble mes idées... Qui es-tu ? « Je porte la foudre. » Il me regarde encore... Il frappe mes yeux comme d'une fumée ardente qui m'éblouit, il confond mes pensées, les agite...

QUELQUES DÉTENUS. — Que dit-il ? Quoi ? Que signifie ? Voyez comme il est pâle !... Calme-toi. *Ils le saisissent.*

KONRAD. — Arrêtez ! Arrêtez ! un instant... Je me suis mesuré avec le corbeau. Laissez-moi ! Je recueillerai mes pensée, j'achèverai mes hymnes, je l'achèverai... *Il chancelle.*

L'abbé LWOWICZ. — Assez de ces chants !...

D'AUTRES. — Assez ! Assez !

LE CAPORAL. — Allez ! Que Dieu vous bénisse ! La sonnette ! entendez-vous la sonnette ? La ronde, la ronde est à la porte ! Eteignez les chandelles. Chacun chez soi.

UN DÉTENU, *regardant par la fenêtre.* — Ils ont ouvert la porte. Konrad se trouve mal... les voilà. Laissons-le.

KONRAD, *après un long silence.*

EUL !... qu'ai-je besoin de la foule ? Suis-je donc chanteur pour la foule ? Quel est l'homme qui supportera toute la pensée de mes chants ? Qui recevra sans baisser les yeux tous les rayons de mon âme ? Malheur à celui qui fatigue pour la foule sa parole et sa langue ! La langue ment à la parole et la parole à la pensée. La pensée vole rapide dans l'âme avant d'échouer sur la parole, et les mots engloutissent la pensée et tremblent au-dessus de la pensée, comme le sol tremble au-dessus d'un torrent souterrain. Au tremblement du sol, la foule devinera-t-elle la profondeur du torrent, la direction de ses ondes ?

Le sentiment se meut dans l'âme, il s'allume, il s'embrase comme le sang dans ses prisons invisibles et profondes. Autant ils voient de sang sur mon visage, autant les hommes découvrent de sentiment dans mes hymnes !

Mon chant ! Etoile au delà des confins du monde ! Une vue mortelle élancée à ta poursuite, même en empruntant des ailes de cristal, jamais ne pourra t'atteindre, elle heurtera seulement contre ta voie lactée, devinant qu'il y a là des soleils, mais sans savoir leur nombre et leur immensité.

A vous, mes hymnes, qu'importe les yeux et les oreilles des hommes ! Coulez dans les abîmes de mon âme ! Brillez sur les hauteurs de mon âme ! comme des torrents souterrains, comme des étoiles d'outre-ciel !

Dieu, et toi nature, écoutez-moi ! Voici des chants dignes de vous ! Une harmonie digne de vous ! Moi, maître des chants, j'étends les mains, je les étends jusque dans les cieux, comme sur les globes de verre d'un immense harmonica, je les pose sur les étoiles : les étoiles, à mon souffle, s'agitent d'un mouvement tantôt lent, tantôt rapide, des millions de tons en découlent, et c'est moi seul qui les ai fait naître, c'est moi seul qui les connais par leurs noms. Je les assemble, je les sépare, je les réunis, je les enlace, en accords, en arcs-en-ciel, en strophes : je les épanche en tonnerres, en traits de foudre !

Je retire les mains, et je les élève au-dessus des limites du monde. Les globes d'harmonie se sont arrêtés soudain. Je chante seul, je m'écoute chanter, ce sont des hymnes longs et modulés comme les plaintes du vent, ils pénètrent tout l'océan des peuples, ils gémissent comme la douleur, ils grondent comme la tempête. Les siècles les accompagnent sourdement et chaque note vibre et brille à la fois. Je la sens dans les yeux, je la sens dans l'oreille : ainsi lorsque le vent se joue avec les ondes, à ses sifflements, j'entends sa vitesse, je le vois courir dans son vêtement de nuages.

De tels chants sont dignes de Dieu ! dignes de la nature ! Oui, c'est l'hymne-univers, l'hymne création. Cet hymne, c'est l'omnipotence, cet hymne, c'est l'immortalité ! Je sens l'éternité, et je puis la produire. Qu'as-tu fait de plus grand, ô Dieu de la nature ? Vois comme je tiens ces pensées de moi-même ! La chair de mes paroles les recouvre, elles volent, se dispersent dans les cieux, roulent, chantent et répandent a lumière. Elles s'éloignent... Je les sens de nouveau, je m'enivre de leur beauté, je sens leurs contours sous ma main, je devine leur mouvement par ma pensée. Je vous aime, ô mes radieux enfants ! ô vous, mes pensées !... mes étoiles !... mes sentiments !... mes orages !... Je suis là parmi vous comme un père au milieu de sa famille, vous êtes à moi !

Je vous foule aux pieds, vous tous poètes, vous tous sages et devins, que le monde a jadis vénérés ! S'il vous était donné de revivre parmi les enfants de votre pensée, d'entendre les louanges et les applaudissements des siècles et de les sentir bien mérités, si vos fronts rayonnaient encore de tout l'éclat de vos couronnes, auxquelles chaque jour attache un rayon, malgré ce concert d'hommages et de toutes ces couronnes recueillies à travers tant de siècles et de

nations, vous ne sauriez éprouver la plénitude de force et de félicité que je sens aujourd'hui dans cette nuit solitaire, quand je chante seul et pour moi seul au fond de mon âme seule.

Oui, je suis sensible, intelligent et fort, jamais je ne l'avais éprouvé comme dans cet instant. Aujourd'hui, je touche à mon zénith, aujourd'hui ma puissance atteint son apogée, aujourd'hui je saurai si je suis le plus grand de tous ou seulement le plus orgueilleux. Aujourd'hui, c'est l'heure du destin, j'étends plus puissamment les ailes de mon âme, c'est l'heure de Samson, lorsque, aveugle et dans les fers, il méditait au pied de la colonne du temple. Je jetterai ce corps de limon et je revêtirai des ailes d'archange, il me faut de l'air, de l'espace pour m'envoler hors de la sphère des planètes et des étoiles, et ne m'arrêter qu'aux éternels confins du Créateur et de la nature.

Les voilà ! les voilà ! Je les ai, ces deux ailes. Elles me suffiront, je les étendrai du couchant à l'aurore ; de la gauche, je frapperai le passé, de la droite, l'avenir, et sur les rayons de l'amour, je m'élèverai jusqu'à toi... Et mes yeux pénètreront tes sentiments, ô toi qui aimes dans les cieux, dit-on, comme j'aime sur la terre ! Oui, c'est moi. J'atteins jusqu'ici... Vois quelle est ma puissance, vois où s'élèvent mes ailes ! Cependant, je suis homme... et là sur la terre, mon corps est resté. C'est là que j'ai aimé, dans ma patrie, c'est là que mon cœur est resté.

Mais mon amour dans le monde ne repose pas sur un seul être, comme l'insecte sur une rose, ni sur une famille, ni sur un siècle ! Moi, j'aime toute une nation ! J'ai saisi dans mes bras toutes ses générations passées et à venir, je les ai pressées ici sur mon cœur, comme un ami, comme un amant, un époux, un père. Je veux rendre à ma chère patrie la vie et le bonheur, je veux en faire l'admiration du monde. J'ignore les moyens et je viens ici les apprendre. Je viens armé de la toute-puissance de ma pensée, de cette pensée qui a dépossédé les cieux de la foudre, scruté la marche des planètes et sondé les abîmes des mers. De plus, j'ai cette force que ne donnent pas les hommes, j'ai cet amour qui brûle intérieurement comme un volcan, et qui parfois seulement fume en paroles de lave.

Et cette puissance, je ne l'ai puisée ni à l'arbre d'Eden, dans le fruit de la connaissance du bien et du mal, ni dans les

livres, ni dans les récits, ni dans la solution des problèmes, ni dans les mystères de la magie... Je suis créateur ! Mes forces me viennent de la même source que les tiennes, car toi tu ne les as pas demandées... tu les possèdes... tu ne crains pas de les perdre... et moi, je ne le crains pas non plus. Soit que tu me l'aies donné ou que je l'aie pris où tu l'as pris toi-même, mon œil pénètre et commande. Aux moments de ma puissance, si j'élève les yeux vers les caravanes de nuages, si j'entends les oiseaux voyageurs cinglant vers le nord sur une aile à peine visible, je n'ai qu'à vouloir et soudain mon regard les enveloppe comme dans un filet. Les oiseaux font retentir un chant d'alarme, mais avant que je ne les livre au vent, les vents qui t'obéissent ne les chasseront pas. Si je regarde une comète de toute la force de mon âme, tant que mes yeux la captivent, elle ne changera pas de place. Les hommes seuls, dépravés, fragiles, mais immortels, ne me servent pas, ne me connaissent pas, ils nous ignorent tous les deux, moi et toi ! Je viens chercher un moyen pour les dompter, ici dans les cieux ! Ce pouvoir que j'ai sur la nature, je veux l'exercer sur les cœurs des hommes. D'un geste, je gouverne les oiseaux et les étoiles, je veux ainsi gouverner mes semblables, non par les armes, elles ne blessent pas toujours, non par les chants, leur action est lente ; non par la science, elle est vite démentie ; non par des miracles, c'est trop éclatant ; je veux les gouverner par l'amour qui est en moi, les gouverner tous, comme toi, mystérieusement et pour l'éternité ! Quelle que soit ma volonté, qu'aussitôt ils la devinent, se rendent heureux en l'accomplissant ; s'ils y résistent, qu'ils souffrent et qu'ils meurent ! Que les hommes soient pour moi désormais comme les pensées et les mots, dont je puis créer à ma volonté un édifice de cantiques. On dit que tu règnes ainsi ! Tu sais que je n'ai pas corrompu la pensée, que je n'ai pas appauvri la langue ; si tu me donnais un pouvoir égal sur les âmes, je créerais ma nation à l'image d'un cantique vivant, et je ferais des prodiges plus grands que les tiens ; ma création serait un chant de bonheur.

Donne-moi l'empire des âmes ! Je méprise tant cette construction sans vie que la foule nomme l'univers et qu'elle admire par habitude, que je n'ai pas encore essayé si ma parole ne suffirait pas pour la détruire. Mais je sens intérieurement que si je comprimais, si je faisais éclater d'un coup

ma volonté, je pourrais éteindre cent étoiles et en allumer cent autres, car je suis immortel. Dans l'orbe de la création, il est d'autres immortels, mais je n'en connais point de supérieur à moi. O toi, le premier dans les cieux ! je viens ici t'interroger, moi, le premier des êtres intelligents sur terre ! Je ne t'ai pas encore rencontré... je devine qui tu es, montre-toi, si tu veux que je reconnaisse ta souveraineté. Je te demande le pouvoir, donne-le-moi ou j'en trouverai le chemin. On m'avait dit qu'il existait des prophètes, souverains des âmes, je le crois, mais ce qu'ils pouvaient, je le puis. Je veux une puissance égale à la tienne, je veux gouverner les âmes comme tu les gouvernes. (*Long silence. Avec ironie.*) Tu te tais ? tu ne réponds pas ? Je devine maintenant, je t'ai reconnu, je vois, je comprends qui tu es et comment tu gouvernes. Il a menti celui qui t'a nommé Amour, tu n'es que Sagesse. C'est par la pensée et non par le cœur que les hommes découvriront tes voies, c'est par la pensée et non par le cœur qu'ils pourront ouvrir les dépôts de tes armes. Celui qui se plonge dans les livres, dans les métaux, dans les nombres, dans les cadavres, celui-là seul réussit à s'approprier une part de ta puissance, il trouve le poison, la poudre et la vapeur, il décompose la lumière, la fumée et le bruit, il invente la légalité et la mauvaise foi pour en imposer aux sots et aux savants. C'est aux pensées que tu as livré le monde, et les cœurs tu les laisses languir dans une éternelle stérilité ; c'est pourquoi tu m'as donné la plus courte vie et l'amour le plus énergique. *Silence.*

Qu'est-ce donc que l'amour, ta divine parcelle ?
Une étincelle.
Et qu'est la vie humaine en ce monde inconstant ?
Rien qu'un instant.
Et l'éclair endormi que l'orage recèle ?
Une étincelle,
Et les siècles passés dans l'histoire flottant ?
Rien qu'un instant.

D'où vient ce corps fragile où ma pensée excelle ?
D'une étincelle,
Et quel doit être un jour le trépas qui m'attend ?
Rien qu'un instant.

Qu'est-ce que Dieu, le monde et l'âme universelle ?
Une étincelle,

Et que deviendront-ils après la fin des temps ?
Quelques instants.

VOIX DE GAUCHE :

Je monte sur son âme comme sur un coursier... Au galop ! au galop !

VOIX DE DROITE :

Insensé ! Défendons-le, entourons sa tête de nos ailes !

KONRAD. — Instants !... Etincelles !... Qu'ils s'enflamment et se dilatent, ils créent ou détruisent. Courage !... encore !... étendons, prolongeons cet instant !... Courage !... Encore !... éveillons, enflammons cette étincelle ! Bien, c'est bien ! Une fois encore, je t'invoque, je te dévoile mon âme soumise. Tu te tais ? N'as-tu pas combattu Satan ? Je te porte un défi solennel. Ne me méprise pas ! Je ne suis pas sans appui. Bien que seul ici, je me suis élevé jusqu'à toi. Je fraternise par le cœur avec un grand peuple sur la terre. J'ai pour alliés des armées, des puissances et des trônes. Si je te blasphème, ce sera le duel de Lucifer, plus terrible. Il te combattait, esprit, par l'esprit, — je te combattrai cœur contre cœur. J'ai souffert, aimé, grandi dans les tourments de l'amour. Lorsque tu m'eus ravi le bonheur de mon âme, je ne rougis ma main que du sang de mon cœur, jamais je ne la portai sur toi...

VOIX DE GAUCHE :

Coursier, je te change en oiseau. Sur tes ailes d'aigle, va, monte, vole !

VOIX DE DROITE

Etoile tombante ! quel délire ! Tu roules brillante dans les abîmes.

KONRAD. — Maintenant, mon âme est incarnée dans ma patrie et son âme a revêtu mon corps, ma patrie et moi nous ne faisons qu'un. Je m'appelle Million ! car j'aime et je souffre pour des millions d'hommes. Je regarde ma patrie en deuil comme un fils voit son père attaché à la roue du supplice, je sens les douleurs de toute ma nation comme une mère sent dans ses entrailles les douleurs de son fruit. Je souffre, je délire... Et toi, toujours sage, et toi toujours joyeux tu règnes, tu juges, et l'on te proclame infaillible ! Ecoute ! si la foi de mes jeunes années, si ma filiale croyance n'est pas

un vain mensonge, s'il est vrai que tu m'aimes comme tu chérissais le monde en le créant, si tu portes un amour de père à l'œuvre de tes mains, s'il était une seule âme aimante parmi les êtres sans nombre que tu renfermais dans l'arche pour les sauver du déluge, si ce cœur n'est point un monstre, né du hasard et qui meurt avant l'âge, si dans ton royaume, sentiment n'est point désordre, si tu ne considères pas tous les millions d'hommes criant : « Pitié » comme une équation insoluble à jamais... si l'amour est de quelque utilité dans le monde et n'est point de ta part une erreur de calcul...

Voix de Gauche :	Voix de Droite :
Que l'aigle soit hydre, qu'il devienne aveugle... A l'assaut ! en avant !... Fume.. tonne... gronde !...	Comète vagabonde issue du soleil, où donc est le terme de ta course ? Sans fin !... Sans fin...

Konrad. — Tu gardes le silence ? Ah ? je t'ai révélé le fond de mon cœur... Je t'en conjure, donne-moi la puissance, un seul débris, une parcelle de ce que l'orgueil a conquis sur la terre. Avec cette part, que de bonheur je pourrais créer ! Tu te tais ! Eh bien ! que ma raison obtienne ce que tu refuses à mon cœur. Tu le vois, je suis le premier de la foule des hommes et des génies, je te connais bien mieux que tes archanges, je suis digne de partager ton pouvoir. Si j'ai menti, réponds ! Quoi ! toujours le silence ? Tu me braves, sûr de la puissance de ton bras ! Sache donc que l'amour dévore et consume ce que la pensée ne peut atteindre. Tu vois ce foyer intérieur qui brûle en moi, l'amour ! Je le concentre et le resserre pour en augmenter la chaleur, je l'étreins dans le cercle de fer de ma volonté, comme la charge dans un canon destructeur...

Voix de Gauche :	Voix de droite :
Chargez ! Feu !	Pitié ! Remords !

Konrad. — Réponds !... car je vais foudroyer ta création ! Si je ne la fais pas crouler, j'ébranlerai du moins toute l'immensité de tes domaines. Je vais lancer une voix dans tout

l'orbite de la nature, une voix qui retentira de générations en générations ; je dirai que tu n'es point le Père de l'Univers, mais...

VOIX DU DÉMON. — Le Tzar !
Konrad chancelle un instant, s'évanouit et tombe.

L'abbé PIERRE, *auprès de Konrad.*

RIONS ! car la main du Seigneur t'a rudement touché ! Ces lèvres qui ont offensé la Majesté divine, le mauvais esprit les a souillées de paroles immondes, paroles de folie, la plus horrible torture pour une bouche réputée sage... Puissent-elles avoir expié une partie de ta faute ! Puisses-tu les avoir oubliées toi-même !

KONRAD. — Elles sont déjà gravées... là !...

L'ABBÉ, *s'agenouillant.* — Ta miséricorde, ô Seigneur, est sans bornes ! (*Il se prosterne.*) Seigneur ! moi, ton vieux serviteur, moi, pécheur endurci, déjà je me sens hors de service et ne suis plus utile à rien. Celui-ci est jeune ; fais-le, quand je mourrai, l'apôtre de ta foi : et moi, j'accepte les châtiments qu'il a mérités. Il peut encore se corriger ; il répandra la gloire de ton nom... Le Seigneur est miséricordieux, le Seigneur acceptera l'offrande... Prions !...

L'ABBÉ, *priant, prosterné à terre.* — Seigneur, que suis-je devant ta majesté ? Poussière et néant !... Mais lorsque je t'ai confessé ma petitesse, moi poussière, moi néant, je vais m'entretenir avec toi.

... Le tyran s'est levé ! c'est Hérode lui-même ! Seigneur, maintenant la jeune Pologne est livrée tout entière aux mains d'Hérode... Que vois-je !... Les chemins

s'étendent, se croisent en fuyant sur les neiges ; des déserts... longs, blancs, infinis... tous vers le nord !... Là-bas, ils coulent vers un pays lointain comme des fleuves. Ils coulent... Celui-ci va heurter à la porte de fer : l'autre, comme un torrent, s'engouffre sous ce rocher, dans cette caverne : l'autre a son embouchure dans la mer !... Je vois une multitude de chars courant cahotés par ces chemins.. Comme des nuages chassés par les vents, ils volent tous vers une même contrée... Ah ! Seigneur ! ce sont nos enfants !... là-bas, au nord !... Seigneur ! Seigneur ! tel est donc leur destin : l'exil... Et tu leur permettrais de mourir si jeunes ?... Et la race entière serait anéantie par toi ? « Regarde !... » Que vois-je !... Un enfant est sauvé... Il grandit... C'est un vengeur... Un père de la patrie !... Sa mère fut une étrangère ; son sang est celui des héros d'autrefois : et son nom sera Quarante-Quatre ! (1)

Seigneur ! ne daigneras-tu pas hâter sa venue et consoler ton peuple ?... Non ! le peuple souffrira le martyre... Je vois cette cohue... ces tyrans ! ces assassins !... Ils courent... ils le saisissent !... L'Europe entière traîne mon peuple au supplice... elle le raille... « Au Tribunal !... » C'est là qu'on arrête l'innocent ; au tribunal, je ne vois que des témoins sans cœur, des juges sans âme... Et voilà donc ses juges !... Des clameurs s'élèvent de toutes parts : « C'est Gallus ! C'est Gallus qui le jugera ! » Gallus ne l'a point trouvé coupable, il se lave les mains ; et voici ce que les rois ont crié : « Qu'il soit condamné et livré au supplice ; que son sang retombe sur nous et sur nos enfants : crucifiez le fils de Marie ! Que les Barrabas soient mis en liberté ! Crucifiez !... Il osa porter la main sur la couronne de César : crucifiez !... ou nous dirons que tu es son ennemi ! »

Gallus a livré mon peuple... Déjà les rois l'ont saisi, garroté ; déjà, ils le montrent à la face du monde, ulcéré de sarcasmes, le front couronné d'épines sanglantes... Et devant les peuples accourus pour le voir, Gallus s'écrie : « Voici la nation libre, indépendante !... destinée à périr !... »

Seigneur ! je vois déjà la croix !... Oh ! que sa voie douloureuse est longue !... Seigneur, prends pitié de ton serviteur, donne-lui des forces, car il va tomber sur la route et mou-

(1) Les commentateurs n'ont pu encore résoudre l'énigme de ce *Quarante-Quatre*. D'aucuns y ont vu annoncé Pilsudski.

rir... La croix étend ses bras sur l'Europe entière : elle est formée de trois peuples desséchés comme de trois pièces de bois dur. Déjà, on le cloue, déjà mon peuple est sur le trône de la rédemption... Il dit : « J'ai soif !... » Ragus l'abreuve de fiel, et Berus de vinaigre ; et la mère Liberté, debout à ses pieds, lève ses yeux en pleurs. Voyez ; le soldat moskovite accourt avec sa lance et fait ruisseler le sang innocent de mon peuple. Qu'as-tu fait, ô le plus cruel, le plus insensé des sbires !... Lui seul pourtant sera converti, à lui seul Dieu pardonnera... O mon peuple bien-aimé !... Déjà, il a baissé sa tête défaillante en s'écriant : « O Seigneur ! ô mon père, pourquoi m'as-tu abandonné ?... » Il est mort... (*On entend le chœur des anges... puis le chant de la Résurrection, à la fin un* Alleluia.)

Au ciel ! il monte au ciel ! et de ses pieds s'envole une robe plus blanche que la neige !... Elle tombe... elle enveloppe le monde entier... Mon bien-aimé dans le ciel n'a pas disparu à mes yeux ; ses trois prunelles brillent comme trois soleils... il montre au peuple sa droite transpercée par le fer...

Cet autre homme, quel est-il ?... C'est son lieutenant sur la terre. Enfant, je l'ai connu... plus tard, je l'ai vu grandir, corps et âme. Il est aveugle.. mais il a pour guide un ange, un enfant !... Homme formidable, il a trois fronts et trois visages. Ouvert comme un baldaquin au-dessus de sa tête, le livre du mystère enveloppe ses traits... Trois cités s'étendent à ses pieds... trois limites du monde tremblent lorsqu'il appelle ; et des cieux, j'entends sortir trois voix pareilles au tonnerre : « C'est le lieutenant visible de la liberté sur la terre ! Il posera sur la gloire le fondement de son temple ! Dominant les peuples et les rois, il presse du pied trois couronnes... sans couronne lui-même ! Sa vie ? c'est la peine des peines ; son titre ?... c'est la nation des nations ; sa mère fut une étrangère... son sang est celui des héros d'autrefois, et son nom est Quarante-Quatre... Gloire ! gloire ! gloire !

ÉDITION DES AMIS DE LA POLOGNE
16, Rue de l'Abbé-de-l'Epée
PARIS-5e

Imprimerie Alençonnaise
9-13, Rue des Marcheries
Alençon (Orne)

EDITIONS DES AMIS DE LA POLOGNE
A

www.ingramcontent.com/pod-product-compliance
Ingram Content Group UK Ltd.
Pitfield, Milton Keynes, MK11 3LW, UK
UKHW022133260726
13993UKWH00003B/1413

9 782329 175737